AF290449

Michael und John
Das Menü der Liebe

Alisa Kevano

© 2024
likeletters Verlag
Inh. Martina Meister
Legesweg 10
63762 Großostheim
www.likeletters.de
info@likeletters.de

Alle Rechte vorbehalten.

Autorin: Alisa Kevano
Bildquelle: Midjourney

ISBN: 9783946585749

Teilweise kam für dieses Buch künstliche Intelligenz zum Einsatz.

*Dies ist eine frei erfundene Geschichte.
Ähnlichkeiten mit real existierenden Perso-
nen sind zufällig und nicht beabsichtigt.*

Inhaltsverzeichnis

Kapitel 1

In der pulsierenden Herzmitte Berlins, umgeben von einer eklektischen Mischung aus historischer Architektur und modernem Design, stand ein kleines Juwel der kulinarischen Welt, das bald seine Türen schließen würde. Hier, inmitten der summenden Küchenzeile, stand Michael, ein aufstrebender Gourmet-Koch, dessen geschickte Hände mit beinahe tänzerischer Eleganz über Zutaten und Utensilien glitten.

Michael, ein schlanker Mann Ende Zwanzig mit einem wachen, intensiven Blick, wirkte nachdenklich. Seine Leidenschaft fürs Kochen war mehr als nur ein Beruf – es war eine Berufung.

Trotz der bevorstehenden Schließung des Restaurants, in dem er seine Fähigkeiten geschärft hatte, spürte er eine Mischung aus Wehmut und aufkeimender Aufregung für die Zukunft.

«Ich kann es kaum glauben, dass es vorbei ist», sagte er leise, während er ein kunstvolles Gericht zubereitete.
Seine Sous-Chefin und beste Freundin, Emma, trat zu ihm.
«Ja, es war eine schöne Zeit hier. Jetzt gehen wir eben den nächsten Schritt. Du hast doch schon so lange von deinem eigenen Restaurant geträumt.»
Michael nickte.
«Ja, das habe ich. Aber ich werde diesen Ort vermissen. Es fühlt sich an, als würde ich ein Stück meiner selbst hier zurücklassen.»
«Und du wirst ein Stück davon mit in dein neues Abenteuer nehmen», erwiderte Emma mit einem ermutigenden Lächeln. «Du hast hier so viel gelernt. Wir beide haben hier viel gelernt.»
An diesem Abend bereitete Michael ein besonderes Menü für eine Wohltätigkeitsveranstaltung vor, die letzte Veranstaltung, die im Restaurant stattfinden sollte. Es war eine bittersüße

Ehre für ihn, das Catering zu übernehmen. Er war entschlossen, einen unvergesslichen Eindruck zu hinterlassen. Sein Menü war eine Mischung aus klassischer Eleganz und avantgardistischer Kreativität, ein Symbol seiner Reise und seines Wachstums als Koch.

Die Küche war erfüllt von einer Atmosphäre konzentrierter Hektik, gemischt mit einer Spur Melancholie. Michael dirigierte sein Team mit einer Mischung aus Respekt und Autorität, wobei Emma ihm treu zur Seite stand. Ihre tiefe Verbindung, geprägt von Jahren der Zusammenarbeit und gegenseitigen Bewunderung, war deutlich spürbar.

«Michael, denkst du, dass wir das Risotto etwas früher ansetzen sollten?», fragte Emma, während sie einen Topf hervorholte.

«Gute Idee, Emma. Lass uns das machen. Heute Abend soll alles perfekt sein», antwortete Michael mit einem

Lächeln, das sowohl Dankbarkeit als auch eine Spur von Traurigkeit zeigte.

Während sie zusammenarbeiteten, reflektierte Michael über die vielen Nächte und frühen Morgenstunden, die er in dieser Küche verbracht hatte, immer getrieben von dem unaufhörlichen Drang, sein Handwerk zu perfektionieren.

Dieses Kapitel seines Lebens ging zu Ende, aber ein neues, aufregendes Kapitel wartete auf ihn – die Verwirklichung seines Traums, sein eigenes Restaurant zu eröffnen.

Der kühle Berliner Abendhimmel war übersät mit einem Mosaik aus glitzernden Sternen, als John seine Schritte durch die belebten Straßen lenkte.

Frisch in Berlin angekommen, trug er das sichere, selbstbewusste Auftreten eines Mannes, der in vielen Teilen der Welt zuhause gewesen war. John, ein ehemaliger britischer Militäroffizier, der nun als Sicherheitsberater arbeitete, war es gewohnt, sich schnell an neue Umgebungen anzupassen. Berlin war jedoch anders – eine Stadt mit einer einzigartigen Mischung aus Geschichte, Kultur und einer unverwechselbaren Energie.

Seine neue Mission hatte ihn in diese vibrierende Metropole geführt. Die Details seines Auftrags waren streng geheim, typisch für die Art von Arbeit, die John seit seinem Ausscheiden aus dem Militär übernommen hatte. Er arbeitete nun für eine private Sicherheitsfirma, die häufig für kontroverse internationale Unternehmen tätig war. Seine Aufgaben waren vielfältig und oft moralisch zweideutig, was ihn regelmäßig in innere Konflikte stürzte.

Johns Schritte führten ihn durch die historischen Viertel Berlins, vorbei an imposanten Bauwerken, die die Zeiten überdauert hatten. Er fühlte sich von der Stadt angezogen und zugleich herausgefordert. Berlin schien ihm wie ein Rätsel, das es zu entschlüsseln galt, mit seinen vielen Schichten und Widersprüchen.

Während er durch die Straßen ging, dachte John an die bevorstehende Wohltätigkeitsveranstaltung, zu der er eingeladen worden war. Es war eine Gelegenheit, wichtige Kontakte zu knüpfen und möglicherweise mehr über die Hintergründe seines aktuellen Auftrags zu erfahren.

John war ein Mann Anfang Dreißig mit scharfen Gesichtszügen und einer athletischen Statur, Ergebnis jahrelanger körperlicher Betätigung und Disziplin. Seine kurzen braunen Haare und die tiefen Linien, die sein Gesicht umgaben, zeugten von einem Leben, das voller Herausforderungen und Verantwortung gewesen war.

In seiner neuen Rolle als Sicherheitsberater hatte John gelernt, sich in der Welt der Machtpolitik und der internationalen Geschäfte zu bewegen. Seine militärische Vergangenheit hatte ihm eine Reihe von Fähigkeiten verliehen, die in diesem Milieu sehr gefragt waren. Doch trotz seines Erfolgs und seiner Kompetenz in seinem Berufsfeld spürte John eine wachsende Leere in sich.

Die ständigen Reisen, die Abwesenheit von wirklichen, tiefgehenden menschlichen Beziehungen und die immer wiederkehrenden moralischen Dilemmata seines Berufs ließen ihn oft nachdenklich und isoliert zurück.

Als er sich seinem Hotel näherte, blickte John noch einmal zurück auf die Straßen Berlins, die jetzt in der Dämmerung leuchteten. Er fragte sich, ob diese Stadt vielleicht mehr für ihn bereithalten könnte als nur einen weiteren Auftrag.

Vielleicht, so hoffte er, könnte sie ihm auch einen Weg zu etwas Neuem, etwas Bedeutungsvollem bieten.

Das Morgengrauen über Berlin brachte ein neues Maß an Hektik in die Küche, in der Michael und sein Team emsig arbeiteten. Heute war der Tag der großen Wohltätigkeitsveranstaltung, und die Vorbereitungen liefen auf Hochtouren. Michael war schon seit den frühen Morgenstunden auf den Beinen, getrieben von einer Mischung aus nervöser Energie und purer Aufregung.

Emma, Michaels rechte Hand und vertraute Freundin, war bereits damit beschäftigt, die letzten Details des Menüs zu koordinieren. Ihre Präsenz in der Küche war eine Quelle der Stärke für Michael. Sie verstand ihn ohne Worte und konnte seine Gedanken fast vorhersehen.

Ihre Freundschaft und professionelle Beziehung waren über die Jahre gewachsen und hatten sich zu einer tiefen, fast geschwisterlichen Verbundenheit entwickelt.

«Michael, denkst du, wir sollten die Garnitur für das Hauptgericht ändern?», fragte Emma, während sie einige frische Kräuter prüfte.

Michael blickte auf und betrachtete die Auswahl. «Nein, lass es so. Es ist perfekt», antwortete er mit einem Lächeln. Er schätzte Emmas Auge fürs Detail und ihr Engagement für Perfektion, Eigenschaften, die sie zu einer unschätzbaren Stütze machten.

In der Küche ging es turbulent zu. Helfer schnitten, würzten und garnierten, jeder vollkommen vertieft in seine Aufgabe. Die Luft war erfüllt von den Düften exotischer Gewürze und frischer Zutaten. Michael bewegte sich mit einer ruhigen Autorität durch den Raum, überprüfte jedes Gericht, gab Anweisungen und ermutigte sein Team.

Inmitten der Vorbereitungen kam Frau Becker, eine ältere Stammkundin und Unterstützerin von Michael, in die

Küche. Sie war eine elegante Frau mit einem warmen Lächeln, die eine besondere Zuneigung für Michael und seine kulinarischen Kreationen hegte.

«Michael, ich bin so aufgeregt, dein Menü heute Abend zu probieren», sagte sie mit einem Strahlen in den Augen. «Ich weiß, es wird fantastisch sein.»

«Danke, Frau Becker», erwiderte Michael herzlich. «Ihre Unterstützung bedeutet mir sehr viel.»

Als die letzten Vorbereitungen abgeschlossen waren, trat Michael zurück und betrachtete das Ergebnis ihrer harten Arbeit. Die Gerichte waren nicht nur kulinarische Meisterwerke, sondern auch visuell atemberaubend. Es war eine perfekte Harmonie aus Geschmack, Ästhetik und Innovation – ein wahrer Ausdruck von Michaels Talent und Vision.

Mit einem letzten prüfenden Blick gab Michael das Signal, dass alles bereit war. Es war Zeit, die Gäste zu empfangen und ihnen eine unvergessliche kulinarische Erfahrung zu bieten.

Die Wohltätigkeitsveranstaltung fand in einem eleganten Saal statt, dessen prächtige Fenster den Blick auf die beleuchtete Skyline Berlins freigaben.

Die Gäste, eine Mischung aus Geschäftsleuten, Lokalprominenz und Kulturschaffenden, bewegten sich in einem Meer aus Gesprächen und gelachter. Inmitten dieses lebhaften Treibens betrat John den Saal, sein Blick scharf und beobachtend.

Michael, der in der Küche die letzten Vorbereitungen überwachte, fühlte eine Mischung aus Anspannung und Vorfreude. Die ersten Gerichte wurden bereits serviert, und das positive Echo der Gäste erreichte ihn wie eine wärmende Brise. Er wischte sich die Hände an seiner Schürze ab und trat hinaus, um sich unter die Gäste zu mischen und ihre Reaktionen aus der Nähe zu beobachten.

Johns Aufmerksamkeit wurde von der Besonderheit der servierten Speisen gefangen genommen. Er war kein Fremder in der Welt der gehobenen Küche, aber etwas an der Art und Weise, wie die Gerichte präsentiert wurden, sprach zu ihm – eine gewisse Kreativität und Leidenschaft, die man nicht oft antraf.

Als ihre Blicke sich trafen, spürten sowohl John als auch Michael eine unerwartete Verbindung. Michael erkannte in Johns Augen eine Tiefe und Intensität, die ihn faszinierte, während John in Michaels Ausstrahlung eine Art von authentischer Leidenschaft und Hingabe wahrnahm, die er lange nicht gespürt hatte.

Als ihre Blicke sich trafen, spürten sowohl John als auch Michael eine unerwartete Verbindung. Michael erkannte in Johns Augen eine Tiefe und

Intensität, die ihn faszinierte, während John in Michaels Ausstrahlung eine Art von authentischer Leidenschaft und Hingabe wahrnahm, die er lange nicht gespürt hatte.

«Das Essen ist hervorragend», sagte John, als Michael sich ihm näherte. «Ich habe selten so etwas Geschmackvolles und Kreatives probiert.»

«Vielen Dank», erwiderte Michael, ein Lächeln umspielte seine Lippen. «Ich bin Michael, der Koch hier.»

«John», stellte sich der andere Mann vor, seine Hand ausstreckend. «Ich bin erst kürzlich nach Berlin gezogen. Deine Kochkünste machen meinen Umzug schon jetzt lohnenswert.»

Die Unterhaltung, die sich zwischen ihnen entspann, war unerwartet einfach und natürlich. Sie sprachen über das Essen – Michael teilte seine Inspirationen für die Gerichte – und über Berlin, wobei John von seinen ersten Eindrücken der Stadt erzählte. Allmählich glitten sie in persönlichere Themen über, wobei jeder von ihnen Anekdoten aus seinem Leben beisteuerte.

Es gab eine Leichtigkeit in ihrer Kommunikation, die selten und wertvoll war. Michael fand Gefallen an Johns aufmerksamer Art und seiner Art zu lächeln, wenn er etwas besonders interessant fand. John wiederum war fasziniert von Michaels Leidenschaft für die Kulinarik und der Wärme, die er ausstrahlte.

«Berlin scheint voller Überraschungen zu sein», bemerkte John, als er einen weiteren Bissen von dem kunstvoll zubereiteten Gericht nahm.

«Das ist es», stimmte Michael zu, «und manchmal sind es die unerwarteten Begegnungen, die am meisten beeindrucken.»

Währenddessen beobachtete Emma die Interaktion aus der Ferne. Sie kannte Michael gut genug, um zu erkennen, dass diese Begegnung für ihn etwas

Besonderes war. Ein Lächeln umspielte ihre Lippen, als sie sich wieder ihrer Arbeit zuwandte.

Die Veranstaltung ging weiter, und John und Michael fanden immer wieder Gelegenheiten, miteinander zu sprechen. Es war, als ob sie in der kurzen Zeit, die sie miteinander verbrachten, eine Verbindung aufgebaut hatten, die tiefer ging als bloße Höflichkeiten.

Als die Nacht zu Ende ging und die Gäste sich verabschiedeten, tauschten John und Michael Kontaktdaten aus. «Vielleicht können wir uns wieder treffen», schlug John vor. «Ich würde gerne mehr über deine Arbeit erfahren – und über dich.»

Michael nickte, das Gefühl der Aufregung mischte sich mit einer Spur von Unsicherheit. «Das würde mich freuen», sagte er.

Nachdem John den Saal verlassen hatte, stand Michael einen Moment lang still und ließ die Ereignisse des Abends auf sich wirken. Er hatte nicht erwartet, auf dieser Veranstaltung jemanden wie John zu treffen – jemanden, der ihn gleichzeitig faszinierte und herausforderte.

Kapitel 2

Das frühe Morgenlicht fiel sanft durch die Fenster der kleinen Wohnung, in der Michael lebte. Er saß an seinem Küchentisch, eine Tasse dampfenden Kaffees in der Hand, und seine Gedanken kreisten um das Ereignis der letzten Nacht – insbesondere um John.

Es war selten, dass jemand Michaels Interesse so schnell und so intensiv weckte. Etwas an John, vielleicht seine geheimnisvolle Aura oder sein offensichtliches Interesse an Michaels Welt, hatte einen tiefen Eindruck hinterlassen.

«Hallo Michael, du scheinst ja intensiv über etwas nachzudenken, wenn du mich nicht einmal reinkommen hörst», bemerkte Emma grinsend, als sie die Küche betrat. Sie hatte die Nacht auf Michaels Couch verbracht, eine häufige Praxis nach späten Arbeitsabenden.

«Ich denke über diesen John von gestern Abend nach», gab Michael zu, seine Stimme nachdenklich. «Ich weiß nicht genau, was ich von ihm halten soll. Es fühlt sich an wie… wie der Beginn von etwas, das ich nicht ganz greifen kann.»
Emma setzte sich ihm gegenüber und schenkte sich ebenfalls Kaffee ein. «Das klingt aufregend, aber sei vorsichtig, Michael. Du kennst ihn kaum», warnte sie sanft.
Michael nickte.
«Ich weiß. Es ist nur… ich spüre eine besondere Verbindung. Ich kann es dir nicht genauer erklären. Ich verstehe es ja selbst nicht richtig.»
Er seufzte und blickte aus dem Fenster.
Emma beobachtete ihn eine Weile schweigend. Dann sprach sie von ihren eigenen Problemen, von der Affäre mit dem verheirateten Mann, mit der sie zu kämpfen hatte.

«Ich weiß, es ist nicht richtig», gestand sie. «Ich muss das beenden, aber es ist nicht einfach. Anfangs wusste ich nichts von seiner Frau. Dann hat er mir erzählt, sie leben getrennt. Inzwischen glaube ich, er belügt sie und mich. Er kann so liebevoll sein, so fürsorglich. Ein anderes Mal lässt er sich dann wieder lange Zeit nicht blicken und erfindet irgendeine Ausrede. Das ist bestimmt die Zeit, die er dann mit ihr verbringt und sie glauben lässt, sie wäre seine einzige Liebe.» Sie seufzte.

Michael hörte aufmerksam zu, seine eigenen romantischen Wirrungen für einen Moment vergessend.

«Du verdienst etwas Besseres, Emma. Etwas Echtes und Aufrichtiges», sagte er mit fester Überzeugung.

Das Gespräch zwischen ihnen drehte sich dann um das Restaurant und die nächsten Schritte in Michaels Karriere. Trotz der emotionalen Komplexität ihres persönlichen Lebens blieben ihre

gemeinsamen beruflichen Träume ein
starker verbindender Faktor. Sie sprachen über potenzielle Standorte für das
Restaurant und Finanzierungsmöglich-
keiten, wobei Emma Michaels Enthusiasmus und Vision mit ihrer pragma-
tischen Denkweise ausglich.

Als Emma sich schließlich erhob, um zu
gehen, legte Michael eine Hand auf ihre
Schulter.

«Danke, dass du da bist», sagte er auf-
richtig. «Und denk daran, was ich über
deine Situation gesagt habe. Du bist es
wert, glücklich zu sein.»

Emma lächelte traurig. «Das werde ich.
Und du auch, Michael. Sei einfach vorsichtig mit deinem Herzen.»

Nachdem Emma gegangen war, blieb
Michael allein zurück, seine Gedanken
kehrten zu John zurück. Trotz Emmas
Warnung konnte er die Vorfreude auf
ein Wiedersehen nicht leugnen. Es war
etwas Aufregendes daran, jemanden zu

treffen, der so unterschiedlich und doch so faszinierend war.

In diesem Moment fasste Michael den Entschluss, dem zu folgen, was sein Herz ihm sagte. Er würde sehen, wohin dieser neue Weg mit John ihn führen könnte.

Johns Morgen begann in einem sterilen Hotelzimmer, das im Gegensatz zu dem lebendigen, chaotischen Berlin draußen stand. Er saß am Schreibtisch, vertieft in die Akten seines aktuellen Auftrags. Die Dokumente waren voller komplexer Details und geheimer Informationen, typisch für die Arbeit, die John seit seinem Ausscheiden aus dem Militär übernahm. Doch heute fiel es ihm schwer, sich zu konzentrieren. Seine Gedanken drifteten immer wieder zu Michael, zu dessen leidenschaftlichem Blick und dem intensiven Gespräch, das sie geführt hatten.

John war es gewohnt, in Welten zu navigieren, in denen klare Linien oft verschwammen und in denen das, was recht war, nicht immer das war, was getan wurde. Seine Rolle als Sicherheitsberater für kontroverse internationale Unternehmen hatte ihn oft in moralische Grauzonen geführt. Aber die Begegnung mit Michael hatte etwas in ihm aufgewühlt, eine Sehnsucht nach etwas Echtem, etwas Unkompliziertem.

Er stand auf und ging ans Fenster. Berlin erwachte zu einem neuen Tag, die Stadt ein pulsierendes Netz aus Leben und Geschichte. John fühlte sich zerrissen zwischen der Welt, in der er lebte – einer Welt voller Geheimnisse und Schatten – und der Welt, die Michael repräsentierte, einer Welt voller Kreativität, Leidenschaft und Farbe.

Das Handy auf dem Schreibtisch summte. Es war eine Nachricht von Henrik, seinem Kollegen und Vertrauten.

«Treffen heute Abend. Neue Infos zum Auftrag.» John starrte auf die Nachricht. Gewöhnlich würde er sich auf ein solches Treffen konzentrieren, doch heute spürte er eine gewisse Widerwilligkeit.

Seine Gedanken kehrten zu Michael zurück. Es gab eine Offenheit in Michaels Welt, die John sowohl faszinierend als auch beängstigend fand. Er war es nicht gewohnt, sich emotional zu öffnen oder sich jemandem anzunähern, der außerhalb seines geschlossenen Kreises von Arbeit und Pflichten stand.

John nahm sein Handy und tippte eine Nachricht an Henrik: «Ich bin dabei. Bis später.» Dann legte er das Handy beiseite und blickte wieder auf die Straßen Berlins hinunter.

Er musste sich auf seinen Auftrag konzentrieren, das wusste er. Aber tief in seinem Herzen wusste er auch, dass er Michael wiedersehen wollte – um zu erforschen, was diese unerwartete Verbindung bedeuten könnte.

In diesem Moment traf John eine Entscheidung. Er würde seine Pflichten erfüllen, aber er würde auch dem nachgehen, was sein Herz ihm sagte. Vielleicht, dachte er, könnte Berlin mehr als nur ein weiterer Ort für einen Auftrag sein. Vielleicht könnte es der Beginn von etwas Neuem sein.

Kapitel 3

Das Schicksal spielte seine Karten auf unerwartete Weise aus, als Michael und John sich zufällig in einem gemütlichen Café in einem der belebten Viertel Berlins trafen. Michael war dort, um sich von der Hektik der Küche zu entspannen, während John eine kurze Atempause von seinen Aufgaben suchte.

Als sie einander sahen, war die Überraschung in ihren Gesichtern deutlich.

«John!», rief Michael aus. «Das ist ja eine Überraschung.»

Johns Lippen umspielte ein Lächeln. «In der Tat. Ich hätte nicht gedacht, dich hier zu treffen, Michael.»

Sie bestellten Kaffee und setzten sich an einen abgelegenen Tisch. Die Anfangsunterhaltung drehte sich um Belanglosigkeiten – das Wetter, das Café – aber schnell fanden sie zu tieferen Themen.

Michael sprach über seine Leidenschaft für das Kochen und seinen Traum, ein eigenes Restaurant zu eröffnen. John hörte aufmerksam zu, beeindruckt von Michaels Hingabe und Kreativität.

«Es ist mehr als nur Essen zuzubereiten», erklärte Michael. «Es geht um die Schaffung eines Erlebnisses, eines Moments, der in Erinnerung bleibt.»

John nickte. «Ich kann das nachvollziehen, auch wenn meine Welt ganz anders ist.» Er zögerte einen Moment, bevor er fortfuhr. «Meine Arbeit… sie führt mich oft in Situationen, die schwer zu rechtfertigen sind. Es ist ein ständiger Kampf zwischen dem, was notwendig ist, und dem, was richtig ist.»

Die Offenheit in Johns Stimme überraschte Michael. Er sah einen Mann, der tiefgründiger war, als er zunächst angenommen hatte, jemanden, der mit seinen eigenen Dämonen rang.

«Es klingt, als ob du eine Last mit dir
trägst», bemerkte Michael sanft.
John seufzte.
«Ja, das tue ich. Aber es ist Teil dessen,
wer ich bin, Teil meiner Vergangenheit
und meiner Gegenwart.»
Ihr Gespräch vertiefte sich, als sie über
ihre unterschiedlichen Lebenswege
sprachen, und beide öffneten sich über
ihre Vergangenheit und die Erfahrungen, die sie geprägt hatten.
John begann, über seine Zeit beim Militär zu sprechen, eine Phase seines
Lebens, die ihn in viele Teile der Welt
geführt und ihm eine Perspektive auf
Disziplin und Verantwortung gegeben
hatte.
«Das Militär hat mich geformt, aber es
hat mich auch dazu gebracht, viele
Dinge in Frage zu stellen», erklärte er.
Seine Stimme hatte einen nachdenk-
lichen Unterton, als er von den Herausforderungen und den schweren Ent-

scheidungen berichtete, die er treffen musste.

Michael hörte aufmerksam zu, beeindruckt von der Offenheit, mit der John sprach. Dann teilte er seine eigene Geschichte, wie er schon als Junge eine Leidenschaft fürs Kochen entwickelt hatte.

«Ich war immer derjenige in der Familie, der in der Küche experimentierte. Meine Freunde fanden das damals ziemlich merkwürdig.»

Er lachte leise, als er sich an eine besondere Anekdote erinnerte.

«Eines Tages haben einige Kinder aus der Schule sich darüber lustig gemacht. Sie verstanden nicht, warum ein Junge lieber kochen als Fußball spielen wollte.» Michaels Augen leuchteten, als er fortfuhr: «Aber dann kam Emma, meine beste Freundin, und hat sich für mich eingesetzt. Sie hat den anderen klargemacht, dass Kochen genauso cool sein kann wie jeder andere Sport.»

«Seitdem kochen wir oft zusammen», fügte Michael hinzu. «Sie hat immer an mich und meine Träume geglaubt.»

John lächelte, berührt von der Geschichte. «Das klingt nach einer wunderbaren Freundschaft. Jemanden zu haben, der einen so unterstützt, ist wirklich etwas Besonderes.»

Als die Zeit verging und sie aufbrechen mussten, fühlte es sich an, als ob sie gerade erst begonnen hatten, einander wirklich kennenzulernen. «Ich hoffe, wir können das bald wiederholen», sagte John, als sie sich verabschiedeten.

«Das hoffe ich auch», erwiderte Michael. «Es gibt noch so viel, was ich über dich erfahren möchte.»

Sie trennten sich mit dem Versprechen, in Kontakt zu bleiben, beide erfüllt von der Erkenntnis, dass diese zufällige Begegnung vielleicht der Beginn von etwas Bedeutungsvollem war.

Emma saß allein in ihrer kleinen, gemütlich eingerichteten Wohnung und starrte auf ihr Handy. Die Nachrichten von dem verheirateten Mann, mit dem sie eine Affäre hatte, blinkten auf dem Bildschirm. Lange hatte sie mit sich gerungen, doch die Gespräche mit Michael hatten ihr die Augen geöffnet. Sie wusste, was sie tun musste.

Mit zittrigen Fingern tippte sie eine Nachricht. «Wir können so nicht weitermachen. Es ist vorbei.» Sie drückte auf ‚Senden‘, bevor ihr Mut nachlassen konnte.

Das Gefühl der Erleichterung mischte sich mit Traurigkeit, als sie ihr Handy beiseitelegte. Es war das Ende eines Kapitels in ihrem Leben, aber auch der Beginn von etwas Neuem, etwas Ehrlicherem.

Am nächsten Tag traf sie sich mit Michael in einem Café, um ihm von ihrer Entscheidung zu erzählen.

«Ich habe es beendet», sagte sie, ihre Stimme fest, aber ihre Augen zeigten einen Hauch von Unsicherheit.

Michael sah sie mit einem Blick voller Unterstützung und Mitgefühl an.

«Das war mutig von dir, Emma. Ich bin stolz auf dich.»

«Ich fühle mich irgendwie verloren», gestand Emma. «Aber ich weiß, dass es das Richtige war. Es ist Zeit, mich auf mich selbst zu konzentrieren und auf das, was ich wirklich im Leben will.»

«Und was ist das?», fragte Michael sanft.

Emma lächelte nachdenklich. «Ich will jemanden, der mich wirklich schätzt. Und ich möchte mich auf meine Karriere konzentrieren, vielleicht sogar meine eigenen kulinarischen Träume verfolgen.»

Die beiden Freunde verbrachten den Nachmittag damit, über ihre Zukunft zu sprechen, über die Träume und Ziele, die sie hatten. Michael war für Emma mehr als nur ein Freund; er war ein Anker in den unruhigen Gewässern ihres Lebens.

Als sie das Café verließen, fühlte Emma sich gestärkt. Sie hatte eine schwierige Entscheidung getroffen, aber es war ein Schritt in Richtung eines authentischeren Lebens. Und mit Michael an ihrer Seite wusste sie, dass sie die Kraft hatte, den Weg zu gehen, der vor ihr lag.

Kapitel 4

Michael wanderte durch die Straßen Berlins, er blickte sich ständig um nach dem perfekten Ort für sein Traumrestaurant. Er hatte bereits mehrere Immobilien besichtigt, aber jede hatte ihre eigenen Herausforderungen mitgebracht – zu klein, zu teuer oder schlecht gelegen. Er wusste, dass die Suche nach dem richtigen Ort eine der größten Hürden auf dem Weg zur Verwirklichung seines Traums war.

Als er vor einem alten, aber charmanten Gebäude stand, spürte er ein Flimmern der Hoffnung. Das Gebäude hatte Charakter, lag in einer lebhaften Gegend und schien groß genug für seine Vision. Doch als er die Mietpreise erfuhr, schwand seine Hoffnung – es war weit über seinem Budget.

Frustration mischte sich mit Entschlossenheit, als Michael weiterzog. Er wusste, dass er Kompromisse eingehen müsste, aber er war nicht bereit, seine Vision völlig aufzugeben. Sein Traumrestaurant sollte nicht nur ein Ort des guten Essens, sondern auch ein Raum für Kreativität, Gemeinschaft und Kultur sein.

Später am Tag traf Michael Emma in einem Café. Er teilte seine Sorgen und Frustrationen mit ihr. «Ich finde einfach nicht den richtigen Ort. Es fühlt sich an, als würde ich gegen eine Wand laufen», gestand er.

«Du darfst nicht aufgeben, Michael», ermutigte Emma. «Das perfekte Lokal ist da draußen. Es braucht nur Zeit, es zu finden.»

Michael lächelte dankbar. Emmas Optimismus war ansteckend.

«Ich weiß, du hast recht. Ich muss nur geduldig sein.»

In einem abgelegenen Besprechungsraum in einem unauffälligen Bürogebäude in Berlin saß John an einem

Tisch, umgeben von Henrik und einigen anderen Kollegen aus der Sicherheitsfirma. Ernst und konzentriert blickte er auf die Karten und Dokumente, die auf dem Tisch ausgebreitet waren und die Details ihres neuesten Auftrags offenbarten – ein Auftrag, der wie immer in der Grauzone der Ethik lag.

Der Auftrag kam von einer großen, international agierenden Firma, die in Berlin ein neues Projekt starten wollte. Das Projekt umfasste den Bau eines umfangreichen Geschäfts- und Wohnkomplexes in einem historisch und kulturell bedeutenden Teil der Stadt.

Dieser Plan hatte bereits für öffentlichen Widerstand gesorgt, da er zur Folge hätte, dass ein beliebter lokaler Park und mehrere alte Gebäude, darunter auch kulturelle Einrichtungen und kleine Geschäfte, weichen müssten. Die Aufgabe von Johns Sicherheitsfirma war es, die Umsetzung dieses Projekts zu erleichtern. Dazu gehörte das Sammeln von Informationen über die Hauptakteure des Widerstandes, die Überwachung von Protestaktivitäten und das Entwickeln von Strategien, um den öffentlichen Widerstand zu minimieren. Darüber hinaus sollten sie potenzielle Risiken für die Mitarbeiter und das Eigentum des Unternehmens während der Bauphase bewerten und abmildern.

Während des Meetings mit Henrik und den anderen wurde klar, dass einige der Methoden, die vorgeschlagen wurden, um die Proteste zu bewältigen, moralisch fragwürdig waren. Dazu zählten Maßnahmen wie das gezielte Diskreditieren von lokalen Aktivisten, die Verwendung von Überwachungstechniken, um Informationen über die Gegner des Projekts zu sammeln, und das Einsetzen von verdeckten Agenten, um die Protestbewegungen von innen zu schwächen.

John, der sich immer mehr der Konsequenzen seiner Arbeit bewusst wurde, fühlte sich zunehmend unwohl mit diesen Methoden. Die Gedanken an Michael und dessen Leidenschaft für seine Gemeinschaft – eine Gemeinschaft, die möglicherweise direkt von diesem Projekt betroffen wäre – verstärkten seine Bedenken. Johns innerer Konflikt zwischen seiner beruflichen Rolle und seinen persönlichen Werten begann zu eskalieren.

Henrik, ein Mann mit scharfen Zügen und durchdringendem Blick, erläuterte die neuesten Entwicklungen. «Die Situation ist komplex. Wir müssen diskret vorgehen, um die Interessen unserer Kunden zu wahren», sagte er.

John hörte zu, aber sein Geist war teilweise woanders. Die Gedanken an Michael und ihre letzte Begegnung kamen immer wieder hoch, ein ständiger Kontrast zu der kühlen, berechnenden Welt, in der er sich gerade befand. Er spürte, wie seine frühere Entschlossenheit, die Dinge um jeden Preis zu erledigen, angesichts neuer Empfindungen zu bröckeln begann.

«John, was denkst du?», fragte Henrik, seine Stimme holte John zurück in die Realität.

«Ich…», begann John, zögerte jedoch. Er schaute auf die Dokumente vor ihm, die eine Entscheidung forderten, die möglicherweise weitreichende Konsequenzen haben könnte. «Wir müssen vorsichtig sein. Nicht nur aus strategischen Gründen, sondern auch, um sicherzustellen, dass wir nicht mehr Schaden als nötig anrichten.»

Die anderen am Tisch tauschten überraschte Blicke aus. Dies war ein neuer Ton von John, einer, der Bedenken über Konsequenzen und Ethik zum Ausdruck brachte, die er früher seltener gezeigt hatte.

Nach dem Meeting blieb John allein im Raum zurück, seine Gedanken wirbelten umher. Er war ein Soldat und Sicherheitsberater gewesen, der gelernt hatte, seine Emotionen zu kontrollieren und das Notwendige zu tun.

Aber jetzt, da er jemanden wie Michael kennengelernt hatte, begann er zu realisieren, dass es noch andere Dinge im Leben gab – Dinge wie Verbindung, Leidenschaft und vielleicht sogar Liebe. Er stand auf und blickte aus dem Fenster auf die belebte Straße.

In diesem Moment fühlte er sich zerrissen zwischen zwei Welten – der Welt seiner Arbeit, die von ihm verlangte, hart und unerbittlich zu sein, und einer anderen Welt, die er gerade erst zu entdecken begann, einer Welt, die weicher, heller und hoffnungsvoller war.

John wusste, dass er Entscheidungen treffen musste – Entscheidungen, die nicht nur seine Zukunft beeinflussen würden, sondern auch die Zukunft derer, die in seinem Leben immer wichtiger wurden.

Michael hatte John zu einem Spaziergang im Grunewald eingeladen, einem der großen grünen Flecken in Berlin, ein Ort, der ihm Ruhe und Inspiration bot. Die Bäume standen in voller Blüte, die Vögel zwitscherten, und die Frühlingssonne tauchte den Wald in ein warmes Licht. Es war der perfekte Gegenpol zu der hektischen Atmosphäre der Stadt.

Während sie nebeneinander hergingen, öffneten sie sich einander über ihre Träume, Hoffnungen und die Herausforderungen, denen sie sich gegenübersahen. Michael sprach von seinem Traum, ein Restaurant zu eröffnen, das nicht nur ein Ort des Essens, sondern auch ein Treffpunkt für Kultur und Gemeinschaft sein sollte. John hörte aufmerksam zu, beeindruckt von Michaels Leidenschaft und Hingabe.

«Ich möchte einen Ort schaffen, der mehr ist als nur ein Restaurant. Einen Ort, an dem Menschen zusammenkommen, um nicht nur gutes Essen, sondern auch gute Gesellschaft und Kultur zu genießen», erklärte Michael mit leuchtenden Augen.

John nickte.

«Das klingt wunderbar. Es ist beeindruckend, wie klar du deine Vision vor Augen hast.» Nach einem Moment des Zögerns fügte er hinzu: «Meine Arbeit... sie ist oft nicht so inspirierend. Sie führt mich manchmal in moralisch schwierige Situationen.»

Michael sah John an, ein Ausdruck von Verständnis in seinem Gesicht. «Ich kann mir vorstellen, dass das nicht einfach ist. Aber es ist wichtig, dass du dir treu bleibst, egal in welcher Situation.»

John schaute nachdenklich in die Ferne.

«Ich beginne zu erkennen, dass es mehr im Leben gibt als nur meine Arbeit. Begegnungen wie unsere... sie haben mich zum Nachdenken gebracht.»

Sie setzten ihren Spaziergang fort, wobei sie über leichtere Themen sprachen, lachten und die Natur genossen. Es war, als ob sie eine eigene kleine Welt erschufen, weit weg von den Komplikationen ihres Alltags.

Als der Nachmittag zu Ende ging und die Sonne tiefer am Horizont stand, fühlten sie beide, dass sich zwischen ihnen etwas Besonderes entwickelte. Eine Verbindung, die über bloße Anziehung hinausging und in die Tiefe ging.

«Ich bin froh, dass wir uns getroffen haben, Michael», sagte John, als sie sich auf den Rückweg machten.

«Ich auch, John», erwiderte Michael mit einem warmen Lächeln. «Es fühlt sich an, als hätten wir uns zur richtigen Zeit am richtigen Ort getroffen.»

Sie verabschiedeten sich mit dem Versprechen, sich bald wiederzusehen, beide erfüllt von einem Gefühl der Vorfreude und der Möglichkeit einer gemeinsamen Zukunft.

Emma saß in der kleinen, aber hellen Küche ihrer Wohnung. Umgeben von

Kochbüchern, Notizblöcken und Skizzen, arbeitete sie an ihrem eigenen Geschäftskonzept. Nachdem sie ihre Beziehung zu dem verheirateten Mann beendet hatte, fühlte sie sich befreit und motiviert, ihren eigenen Träumen nachzugehen.

Ihre Idee war es, ein kleines Bistro zu eröffnen, das sich auf lokale und saisonale Küche spezialisierte. Sie wollte einen Ort schaffen, der nicht nur köstliches Essen bot, sondern auch eine gemütliche, einladende Atmosphäre für die Gemeinschaft. Dieses Projekt war ihre Chance, sich als Chefköchin zu etablieren und ihre Leidenschaft für das Kochen voll auszuleben.

Später am Tag traf sie sich mit Michael in einem Café, um ihm ihre Pläne zu präsentieren.

«Ich denke darüber nach, mein eigenes Bistro zu eröffnen», sagte sie, während sie ihm ihre Skizzen und Ideen zeigte.

Michael betrachtete die Entwürfe und lächelte.

«Das sieht fantastisch aus, Emma. Du hast ein echtes Talent, und ich weiß, dass du damit Erfolg haben wirst.»

«Es fühlt sich so echt an, jetzt, wo ich es mit jemandem teile», sagte Emma, ihre Augen leuchtend vor Aufregung. «Ich hatte immer Angst, diesen Schritt zu wagen, aber jetzt fühle ich mich bereit.»

«Du solltest stolz auf dich sein», ermutigte Michael sie. «Du machst einen großen Schritt, und ich werde dich in jeder Hinsicht unterstützen.»

Als sie das Café verließen, fühlte Emma sich gestärkt und inspiriert. Mit Michaels Unterstützung und ihrem eigenen neu entdeckten Selbstvertrauen war sie bereit, die Herausforderungen anzugehen, die auf sie warteten.

Kapitel 5

Michael schlenderte durch die malerischen Straßen eines alten Berliner Viertels, dessen Charme und Geschichte in jeder Ecke spürbar waren. Sein Herz schlug vor Aufregung höher, als er vor einem charmanten, etwas in die Jahre gekommenen Gebäude stand. Es war genau die Art von Ort, die er sich für sein Restaurant vorgestellt hatte.

Das Gebäude hatte hohe Decken und große Fenster, bot die perfekte Leinwand für Michaels kreative Vision. Der Raum war groß genug für eine offene Küche und mehrere gemütliche Essbereiche und verfügte sogar über einen kleinen Außenbereich. Das Beste daran war der erstaunlich günstige Preis – eine Seltenheit in einem so gefragten Stadtteil.

Michael konnte sein Glück kaum fassen. Er rief sofort den Makler an und vereinbarte ein Treffen, um über die Details zu sprechen. Als er durch die Räume ging, begann er sich vorzustellen, wie er den Ort in ein blühendes Restaurant verwandeln könnte – einen Ort, der nicht nur sein Talent und seine Leidenschaft fürs Kochen widerspiegelte, sondern auch ein Treffpunkt für die Gemeinschaft werden könnte.

Später am Tag teilte er Emma voller Begeisterung seine Entdeckung mit.

«Ich habe den perfekten Ort gefunden, Emma! Es ist alles, was ich mir je erträumt habe – und mehr», schwärmte er.

Emma freute sich mit ihm.

«Wenn du einen Ort gefunden hast, wird es bei mir bestimmt auch nicht mehr lange dauern», sagte sie sehnsuchtsvoll.

Voller Optimismus und Entschlossenheit begann Michael, Pläne für die Renovierung und Gestaltung seines zukünftigen Restaurants zu schmieden.

Er ahnte noch nicht, dass dieses Gebäude Teil eines umstrittenen Entwicklungsprojekts war, das tiefgreifende Auswirkungen auf sein Leben und seine Zukunft haben würde.

John saß in einem karg eingerichteten Büro, während ihm sein Vorgesetzter die nächsten Schritte des Bauprojekts erläuterte.

«Wir haben einige Anwohner, die sich weigern zu verkaufen. Deine Aufgabe ist es, sie zu überzeugen. Wir brauchen dieses Gebiet für unser Projekt,» sagte der Mann mit einem Tonfall, der keinen Widerspruch duldete.

John spürte, wie sich seine Magengrube zusammenzog. Die Vorstellung, Menschen aus ihren Häusern zu drängen, war ihm zuwider. Seine Arbeit hatte ihn oft in moralisch graue Zonen geführt, aber dies fühlte sich anders an – persönlicher, direkter.

«Verstanden», antwortete John knapp, seine Stimme fest, aber in seinem Inneren brodelte es. Als er das Büro verließ, waren seine Gedanken in Aufruhr. Wie konnte er seinen Job ausführen, ohne dabei seine eigene Moral zu verraten?

Die Straßen von Berlin fühlten sich kälter an, als John durch sie ging, seine Gedanken schwer von dem bevorstehenden Konflikt. Er dachte an Michael, an dessen Begeisterung für das Leben und dessen Traum, einen Unterschied in der Gemeinschaft zu machen. Wie würde Michael reagieren, wenn er wüsste, was John tat? Würde er ihn verstehen oder verachten?

John fühlte sich hin- und hergerissen zwischen der Loyalität zu seinem Arbeitgeber und seinem wachsenden Unbehagen über die ethischen Implikationen seiner Aufgaben. Er hatte gelernt, hart und unerbittlich zu sein, aber jetzt, da er jemanden wie Michael kennengelernt hatte, begann er zu zweifeln, ob dieser Weg wirklich der richtige war.

In einer ruhigen Straße hielt John inne, blickte in den Himmel und fragte sich, ob es einen Weg gab, beides zu tun – seinen Job zu erfüllen und gleichzeitig sein Gewissen zu bewahren. Tief in seinem Herzen wusste er, dass jede Entscheidung, die er traf, weitreichende Folgen haben würde, nicht nur für ihn, sondern auch für die Menschen um ihn herum.

Schweren Herzens setzte John seinen Weg fort, unsicher über die Zukunft und die Rolle, die er in ihr spielen würde.

Michael stand im zukünftigen Herzstück seines Traumrestaurants, umgeben von staubigen Böden und nackten Wänden, doch in seiner Vorstellung sah er bereits lebhafte Farben, hörte das Stimmengewirr zufriedener Gäste und roch die verführerischen Aromen aus der Küche.

Mit einem Notizblock in der Hand begann Michael, seine Ideen für das

Design und Layout des Restaurants zu skizzieren. Er plante eine offene Küche, um die Gäste am kulinarischen Erlebnis teilhaben zu lassen, und verschiedene Essbereiche, die sowohl Intimität als auch Gemeinschaftsgefühl boten. An einer Wand stellte er sich eine Kunstgalerie vor, die lokalen Künstlern eine Plattform bot.

In den folgenden Tagen traf Michael sich mit Innenarchitekten, Handwerkern und Lieferanten, um seine Vision zu verwirklichen. Jede Entscheidung, die er traf, spiegelte seine Leidenschaft für Qualität und Details wider.

Nachdem Emma Michael in seinem zukünftigen Restaurant besucht hatte, von dem er so leidenschaftlich erzählte, entschied sie sich für einen kleinen Spaziergang in der Umgebung. Die Straßen des Viertels waren lebhaft und einladend, und während sie langsam die Gegend erkundete, gefüllt mit Inspiration und Gedanken an ihre eigene

Zukunft, entdeckte sie ein kleines, leerstehendes Ladenlokal, nur wenige Straßen von Michaels Restaurant entfernt.

Die Nähe zu Michaels Haus, gepaart mit der charmanten Atmosphäre des Viertels, weckte in ihr sofort eine Welle von Möglichkeiten.

Neugierig trat sie näher heran und sah durch das staubige Fenster. Das Innere war klein, aber es strahlte einen rohen, ungeschliffenen Charme aus, der Emmas kreativen Geist sofort entflammte. Sie konnte sich lebhaft vorstellen, wie sie diesen Raum in ein gemütliches und einladendes Bistro verwandeln könnte, einen Ort, der nicht nur ihre kulinarischen Kreationen, sondern auch ihre Liebe zur Gemeinschaft zum Ausdruck brachte.

Ein Schild am Fenster verkündete, dass der Standort zur Miete stand. Emma spürte, wie ihr Herz schneller schlug. Dies könnte die Gelegenheit sein, auf die sie gewartet hatte – ein Schicksalsmoment. Sie zückte schnell ihr Handy, um die angegebene Nummer zu notieren, entschlossen, sich am nächsten Tag mit dem Vermieter in Verbindung zu setzen.

Als Emma weiterging, fühlte sie sich erfüllt von neuer Hoffnung und Entschlossenheit. Dieser Zufallsfund war vielleicht der erste Schritt zur Verwirklichung ihres Traums, und das Beste daran war, dass es nur wenige Straßen vom Restaurant entfernt war, an dem Michael arbeitete. Die Vorstellung, in unmittelbarer Nähe zu ihm zu sein und gleichzeitig ihren eigenen Weg zu gehen, brachte ein aufregendes Gefühl von Unabhängigkeit und Verbundenheit.

Während die Tage vergingen, begann Michaels Restaurant Form anzunehmen. Jeder Pinselstrich, jede ausgewählte Fliese und jedes Möbelstück waren Teil von Michaels Traum, der nun Wirklichkeit wurde. Doch er war sich der Herausforderungen, die noch vor ihm lagen, nicht bewusst – insbesondere der Konflikt, der sich anbahnte und seine Träume bedrohen könnte.

Kapitel 6

John saß allein in einer ruhigen Ecke einer Berliner Bar, sein Glas Whisky war kaum angerührt. Seine Gedanken kreisten unablässig um die bevorstehende Aufgabe, die Bewohner des alten Viertels zu ‚überzeugen', ihre Häuser zu verkaufen. Der Konflikt in seinem Inneren verschärfte sich mit jedem Gedanken an das, was er tun sollte, und an das, was er für richtig hielt.

Das Bild von Michael, wie er von seinem Restaurant träumte, konnte John nicht aus seinem Kopf bekommen. Er erkannte, dass Menschen wie Michael, die mit Leidenschaft und Hoffnung an die Zukunft ihrer Stadt dachten, diejenigen waren, die letztendlich unter seinen Aktionen leiden würden.

John grübelte über seine Möglichkeiten nach. Konnte er einen Weg finden, seinen Auftrag zu erfüllen, ohne seine ethischen Grundsätze zu verraten?

Gab es eine Möglichkeit, sowohl seinen beruflichen Verpflichtungen nachzukommen als auch das Richtige zu tun?

Seine Gedanken wurden von der Erinnerung an seine militärische Vergangenheit heimgesucht, an Zeiten, in denen Befehle befolgt werden mussten, ohne die Konsequenzen in Frage zu stellen. Aber diesmal fühlte es sich anders an. John spürte, dass jede Entscheidung, die er jetzt traf, nicht nur sein eigenes Leben, sondern auch das Leben anderer tiefgreifend beeinflussen würde.

Als er das Glas an seine Lippen hob, traf John eine Entscheidung. Er konnte nicht länger Teil eines Systems sein, das seine moralischen Überzeugungen untergrub. Er musste einen Weg finden, sich gegen den Auftrag zu stellen, auch wenn dies bedeutete, seine Karriere und vielleicht sogar mehr aufs Spiel zu setzen.

Mit dieser neuen Entschlossenheit verließ John die Bar. Er wusste, dass der Weg vor ihm schwierig sein würde, aber zum ersten Mal seit langer Zeit fühlte er eine Klarheit in seinem Herzen. Es war an der Zeit, sich für das zu entscheiden, was er für richtig hielt.

Das warme Sonnenlicht tauchte die Straßen des historischen Berliner Viertels in ein goldenes Leuchten, als Michael John vor dem großen Gebäude erwartete. Seine Augen funkelten vor Aufregung, als er John begrüßte.

«Ich bin so froh, dass du hier bist. Warte nur, bis du es siehst!»

Johns Herz klopfte erwartungsvoll, als sie das Gebäude betraten. Trotz der schweren Last seines Geheimnisses konnte er nicht umhin, von Michaels Begeisterung angesteckt zu werden. Als Michael ihm das Innere zeigte, mit den hohen Decken und den großen Fenstern, die einen perfekten Rahmen für seine Vision bildeten, spürte John eine Mischung aus Bewunderung und Sorge.

«Stell dir vor, hier eine offene Küche, dort eine kleine Bühne für Künstler», plauderte Michael. «Ein Ort, wo Essen und Kultur sich treffen.»

John beobachtete Michael, wie er mit leuchtenden Augen und lebhaften Gesten durch den Raum ging. Es war unmöglich, nicht von Michaels Leidenschaft mitgerissen zu werden.

«Es ist ein beeindruckender Ort», sagte John sanft. «Du wirst etwas Wunderbares daraus machen.»

Die Nähe zwischen ihnen war spürbar, und trotz der komplizierten Umstände fühlte John sich zunehmend zu Michael hingezogen. Michaels Traum zu sehen und seine Begeisterung zu teilen, machte es umso schwieriger, die Wahrheit zu verbergen.

Als sie später vor dem Haus standen, fiel Michaels Blick auf John. «Ist alles in Ordnung? Du wirkst nachdenklich», fragte er mit einem besorgten Unterton. John lächelte, ein Hauch von Melancholie in seinen Augen. «Alles ist gut. Ich bin nur beeindruckt von deiner Vision und deinem Enthusiasmus. Es ist inspirierend.»

Auf dem Rückweg fühlte John die wachsende Spannung zwischen dem, was er fühlte, und dem, was er tun musste. Michaels Präsenz hatte eine Saite in seinem Herzen angeschlagen, die er lange für stumm gehalten hatte.

Die Nähe zu Michael und das Sehen seines Traums in greifbarer Nähe bestärkten Johns Entschluss, diesen Auftrag nicht auszuführen, nun umso stärker.

Johns Gedanken waren in Aufruhr, als er durch die Straßen Berlins wanderte. Der Nachmittag mit Michael hatte nicht nur die Tiefe seiner Gefühle offenbart, sondern auch die Tragweite seiner beruflichen Entscheidungen. Er wusste nun, dass er nicht weiter an dem Projekt mitarbeiten konnte, das Michaels Traum zerstören würde.

Der innere Konflikt, der in ihm tobte, war intensiver denn je. Einerseits waren da seine professionelle Verpflichtung und die Erwartung, die seine Vorgesetzten an ihn stellten. Andererseits spürte er eine wachsende moralische Verpflichtung, das Richtige zu tun – nicht nur für sich selbst, sondern auch für Michael und die Gemeinschaft, die von dem Bauprojekt betroffen wäre.

John fühlte sich wie an einem Scheideweg. Er hatte seine Karriere dem Dienst und der Pflicht gewidmet, aber jetzt stellte er fest, dass diese Pflicht in direktem Konflikt mit seinen persönlichen Werten stand. Die Begegnung mit Michael hatte eine Veränderung in ihm ausgelöst, eine Erkenntnis, dass es Dinge im Leben gab, die wichtiger waren als beruflicher Erfolg und das Befolgen von Befehlen.

Er dachte an die Menschen in dem Viertel, an ihre Geschichten und ihr Recht, in ihren Häusern zu leben, ohne Angst vor Vertreibung zu haben. John wusste, dass er nicht länger Teil eines Plans sein konnte, der das Leben so vieler Menschen negativ beeinflussen würde.

Als er an einer belebten Kreuzung stehen blieb, fasste John einen Entschluss. Er würde sich gegen den Auftrag stellen und die Konsequenzen dafür tragen. Es war eine Entscheidung, die sein Leben verändern würde, aber er konnte nicht länger gegen sein Gewissen handeln.

Mit neuer Entschlossenheit machte John sich auf den Weg zu seinem Büro, um seinen Vorgesetzten mitzuteilen, dass er nicht länger an dem Projekt mitarbeiten würde. Er war sich der Risiken bewusst, die diese Entscheidung mit sich brachte, aber für ihn war klar, dass es keinen anderen Weg gab.

John betrat das Bürogebäude seiner Sicherheitsfirma mit einem Gefühl der Entschlossenheit, das er seit Langem nicht gespürt hatte. Seine Schritte waren fest, als er sich auf den Weg zu dem Büro seines Vorgesetzten machte, bereit, seine Entscheidung mitzuteilen.

Als er vor dem Büro ankam, zögerte er einen Moment. Er wusste, dass das, was er gleich tun würde, seine Karriere und möglicherweise sein Leben verändern könnte. Aber die Gedanken an Michael, an dessen Träume und die Menschen in dem Viertel, gaben ihm die Kraft, die er brauchte.

John klopfte und trat ein. Sein Vorgesetzter, ein Mann mit strengem Blick und einer Aura von Autorität, sah überrascht auf.

«John, was führt dich zu mir?», fragte er.

«Ich muss Ihnen mitteilen, dass ich nicht länger an dem Projekt im historischen Viertel mitarbeiten kann», sagte John klar und deutlich. «Meine Überzeugungen und Werte stehen im Widerspruch zu den Methoden, die wir anwenden sollen.»

Sein Vorgesetzter sah ihn einen Moment lang prüfend an.

«Das ist eine ernsthafte Entscheidung, John. Bist du dir der Konsequenzen bewusst?»

John nickte.

«Ja, das bin ich. Aber ich kann nicht gegen mein Gewissen handeln. Es gibt Dinge, die wichtiger sind als ein Job oder eine Karriere.»

Der Vorgesetzte lehnte sich zurück, seine Miene undurchdringlich.

«Ich werde deine Entscheidung respektieren, aber bedenke, dass dies das Ende deiner Karriere bei uns bedeutet.»

John akzeptierte dies mit einem Nicken. Er hatte bereits mit diesem Ergebnis gerechnet.

«Ich verstehe und akzeptiere die Konsequenzen», erwiderte er.

Nachdem er das Büro verlassen hatte, fühlte sich John merkwürdig befreit. Er hatte eine schwierige, aber wichtige Entscheidung getroffen, die sein Leben in eine neue Richtung lenken würde.

Während er das Gebäude verließ, dachte er an Michael und daran, wie er ihm von seiner Entscheidung erzählen würde. Er war sich unsicher, wie Michael reagieren würde, aber er hoffte, dass sie einen Weg finden würden, gemeinsam durch diese neue Herausforderung zu gehen.

Kapitel 7

In den folgenden Tagen arbeitete Michael intensiv an seinem Restaurant. Er stellte Pläne auf, traf sich mit Lieferanten und begann, das Personal auszuwählen. Seine Vision nahm Form an, und er konnte es kaum erwarten, John alles zu zeigen.

Eines Nachmittags, während einer kurzen Pause, rief Michael John an, um ihm von den Fortschritten zu berichten.

«Ich habe das Gefühl, dass alles so toll zusammen passt», sagte er aufgeregt. «Ich wünschte, du könntest es sehen.»

Johns Stimme am anderen Ende der Leitung klang warm und unterstützend.

«Das klingt großartig, Michael. Ich bin beeindruckt, wie schnell du alles vorantreibst. Ich werde gerne kommen, um es mir anzusehen.»

Sie verabredeten sich für das kommende Wochenende. Michael legte auf, ein Lächeln auf den Lippen. Die Aussicht, John sein Projekt zu zeigen und mehr Zeit mit ihm zu verbringen, erfüllte ihn mit einer Mischung aus Vorfreude und Nervosität.

In den nächsten Tagen konzentrierte sich Michael weiter auf sein Restaurant, doch seine Gedanken wanderten immer wieder zu John. Er war gespannt darauf, wie John auf das reagieren würde, was er geschaffen hatte, und freute sich darauf, mehr über den Mann zu erfahren, der sein Herz auf unerwartete Weise berührt hatte.

Als der Tag von Johns Besuch näher rückte, stieg Michaels Aufregung. Er hoffte, dass John genauso begeistert von dem Restaurant sein würde wie er und dass sie gemeinsam die Möglichkeit hätten, ihre sich entwickelnde Beziehung weiter zu erkunden.

Emma stand mitten in dem Raum, der bald ihr eigenes Bistro beherbergen sollte. Sie war umgeben von Farbeimern, Pinseln und Möbelstücken, die darauf warteten, an ihren Platz gestellt zu werden. Trotz der Unordnung und des Chaos konnte sie bereits sehen, wie sich der Raum in ein einladendes und stilvolles Bistro verwandelte.

In den letzten Tagen hatte sie unermüdlich gearbeitet, den Raum renoviert, und jedes Detail sorgfältig ausgewählt. Ihr Traum nahm Gestalt an, und mit jedem Tag, der verging, wuchs ihre Aufregung.

Michael hatte ihr bei der Auswahl des Interieurs und der Menügestaltung geholfen, was ihre Freundschaft weiter vertieft hatte. Heute hatte sie ihn eingeladen, die Fortschritte zu begutachten und ihr Feedback zu geben.

Als Michael eintrat, lächelte Emma breit.

«Schau dir das an, Michael! Es wird wirklich langsam was», sagte sie stolz.

Michael blickte sich um und war beeindruckt von der Verwandlung des Raumes. «Emma, das ist fantastisch! Du hast aus diesem Ort etwas ganz Besonderes gemacht», antwortete er, während er die sorgfältig ausgewählten Dekorationen und Möbel betrachtete.

Sie sprachen über das Menü, das Emma geplant hatte, und Michael gab einige Vorschläge, die sie begeistert aufnahm.

Als Michael das Bistro verließ, fühlte Emma sich ermutigt und inspiriert. Sie wusste, dass noch viel zu tun war, aber mit Michaels Unterstützung und ihrer eigenen harten Arbeit würde ihr Bistro bald Realität werden.

In den kommenden Wochen arbeitete Emma weiter an der Fertigstellung des Bistros, angetrieben von der Vision, einen Ort zu schaffen, der nicht nur gutes Essen bot, sondern auch ein Treffpunkt für die Gemeinschaft war.

Johns Weg führte ihn zu einer lokalen Organisation, die sich für den Erhalt historischer Stadtviertel und soziale Projekte einsetzte. Sie suchten nach jemandem mit strategischem Verständnis und Führungsqualitäten, um ihre Bemühungen zu unterstützen.

Johns militärischer Hintergrund, den er öffentlich machen konnte, machte ihn zu einem attraktiven Kandidaten für sie, auch wenn er Details über seine jüngsten beruflichen Erfahrungen vorenthalten musste.

Während des Treffens mit der Organisation in einem kleinen, lebendigen Büro im Herzen des bedrohten Viertels, erfuhr John mehr über deren Ziele und Herausforderungen. Sie kämpften nicht nur für den Erhalt der Gebäude, sondern auch für die Rechte der Anwohner, die von Verdrängung bedroht waren.

«Wir brauchen jemanden, der uns dabei hilft, unsere Botschaft klar und effektiv zu kommunizieren und unsere Aktionen zu koordinieren», erklärte ein Mitglied der Organisation. «Ihre Erfahrung im militärischen Bereich könnte uns dabei sehr helfen.»

John war von dem Engagement und der Leidenschaft der Gruppe beeindruckt. Hier sah er eine Möglichkeit, einen echten Unterschied zu machen und seine Fähigkeiten für einen guten Zweck einzusetzen. Gleichzeitig war ihm bewusst, dass er damit indirekt gegen seinen früheren Arbeitgeber und dessen Interessen handeln würde.

Obwohl er keine spezifischen Details über seine letzte Tätigkeit preisgeben konnte, wusste er um die Methoden und Strategien, die solche Unternehmen anwendeten.

Nach dem Treffen schlenderte John durch die Straßen des Viertels und spürte eine neue Verbundenheit mit dem Ort. Er dachte an Michael und das geplante Restaurant, das nun Teil dieses Gemeinschaftsgefüges war, das er zu schützen beabsichtigte.

John entschied sich, das Angebot der Organisation anzunehmen. Er war bereit, sich dieser neuen Herausforderung zu stellen, auch wenn dies bedeutete, sich indirekt gegen die dunkleren Aspekte seiner Vergangenheit zu wenden. Er fühlte sich ermutigt, diesen Schritt zu machen, getragen von dem Wunsch, etwas zu bewirken und gleichzeitig Michael zu unterstützen.

Kapitel 8

Als John das Restaurant betrat, das kurz vor der Eröffnung stand, konnte er nicht anders, als von der Transformation des Raumes beeindruckt zu sein. Die liebevoll ausgewählten Möbel, die stimmungsvolle Beleuchtung und die kunstvoll gestalteten Wände spiegelten Michaels Leidenschaft und Hingabe wider.

«Schau dir das an, John! Fast fertig für die große Eröffnung», sagte Michael mit einem stolzen Lächeln, während er John durch das Restaurant führte.

John nickte anerkennend.

«Es ist unglaublich, Michael. Du hast hier wirklich etwas Besonderes geschaffen.»

Doch inmitten der Bewunderung wechselte Michaels fröhlicher Ausdruck plötzlich zu einem besorgten.

«John, ich muss dir etwas erzählen. Emma hat herausgefunden, warum unsere Gebäude so günstig waren. Eine große Immobiliengesellschaft plant, dieses gesamte Viertel zu kaufen und zu sanieren. Sie wollen alles abreißen, einschließlich meines Restaurants. Die Verkäufer wollten zwar weg, gönnten es der Firma aber nicht. Leider haben sie uns nicht erzählt, was da auf uns zukommt.»

John spürte, wie ein kalter Schauer über seinen Rücken lief. Dies war genau die Art von Entwicklung, gegen die er nun ankämpfte.

Bevor er antworten konnte, wurde die Atmosphäre durch das Geräusch zerberstenden Glases jäh unterbrochen. Ein Stein, an den ein Drohzettel geheftet war, war durch eines der frisch eingesetzten Fenster geflogen.

John eilte zum Fenster und blickte hinaus, konnte jedoch nur den Schatten einer Gestalt in der Ferne erkennen. Er drehte sich zu Michael um, seine Augen ernst und entschlossen.

«Das ist eine klare Warnung, Michael. Diese Leute meinen es ernst. Aber ich versichere dir, wir werden uns nicht einschüchtern lassen.»

Michael blickte auf den Zettel und dann zurück zu John. «Was sollen wir jetzt tun? Ich kann mein Lebenswerk nicht einfach aufgeben.»

John legte beruhigend seine Hand auf Michaels Schulter. «Ich habe mich einer lokalen Organisation angeschlossen, die gegen solche zerstörerischen Entwicklungen kämpft. Wir werden alles in unserer Macht Stehende tun, um dein Restaurant und das Viertel zu schützen.»

Etwas später stand Michael in seinem fast fertigen Restaurant, umgeben von den Zeichen seiner harten Arbeit, als sein Telefon klingelte. Es war John, dessen Stimme ernst, aber hoffnungs-voll klang.

«Michael, ich habe vielleicht einen Weg gefunden, wie wir gegen die Pläne der Immobiliengesellschaft vorgehen können», begann er.

«Erzähl mir davon», sagte Michael, während er sich auf einen der neuen Stühle setzte.

«Ein Freund von mir, Henrik, arbeitet für eine Firma, die im Zentrum dieser ganzen Sache steht», erklärte John. «Er ist nicht einverstanden mit dem, was sein Arbeitgeber vorhat, besonders in Bezug auf dein Viertel. Er hat vorgeschlagen, heimliche Aufnahmen von den unethischen Praktiken seines Arbeitgebers zu machen.»

Michael spürte einen Anflug von Hoffnung.

«Das könnte funktionieren, aber es klingt gefährlich. Bist du sicher, dass das eine gute Idee ist?»

«Es ist riskant, aber wir haben vielleicht keine andere Wahl», antwortete John.

«Wir müssen alles versuchen, um dieses Viertel zu retten.»

Nachdem sie aufgelegt hatten, ging Michael zurück zur Arbeit, doch seine Gedanken kreisten um die möglichen Konsequenzen von Johns Plan.

In der Zwischenzeit traf sich Emma mit Michael, um die Fortschritte in ihrem eigenen Bistro zu besprechen. Sie konnte die Sorge in Michaels Augen sehen. «Was ist los?», fragte sie.

Michael erzählte ihr von Johns Plan mit Henrik. Emma hörte aufmerksam zu und nickte.

«Es ist riskant, aber wenn es funktioniert, könnte es alles ändern. Wir müssen zusammenhalten, Michael.»

In den folgenden Tagen begannen John und Henrik mit ihren heiklen Vorbereitungen, während Michael und Emma ihre eigenen Geschäfte weiterführten, aber mit einem wachsamen Auge auf die Entwicklungen im Viertel. Die Spannung in der Gemeinschaft wuchs, als mehr Menschen von den Plänen der Immobiliengesellschaft erfuhren und sich dem Widerstand anschlossen.

John fühlte sich hin- und hergerissen zwischen der Sorge um die Sicherheit und den möglichen Erfolg ihres Plans. Die Verantwortung lastete schwer auf ihm, da er wusste, dass ihr Vorgehen nicht nur das Schicksal des Viertels, sondern auch das vieler Menschen beeinflussen würde.

Michael, John und Emma standen nun im Zentrum eines Kampfes, der über die Zukunft ihres Viertels entscheiden würde.

Ihre Entschlossenheit, zusammenzustehen und für das zu kämpfen, was sie liebten, wurde zu einem Symbol der Hoffnung in einer Gemeinschaft, die sich der Zerstörung ihrer Heimat widersetzte.

Nachdem die Nachricht von Henriks Erfolg sie erreicht hatte, begann sich die angespannte Atmosphäre im Restaurant langsam zu lockern. Emma stand auf, um zu gehen.

«Ich glaube, ich lasse euch beide jetzt allein», sagte sie mit einem wissenden Lächeln. «Ich sehe euch morgen.»

Michael nickte ihr dankbar zu und sah ihr nach, wie sie das Restaurant verließ. Dann wandte er sich an John.

«Möchtest du… nach oben kommen? Meine Wohnung ist direkt über dem Restaurant.»

John, dessen Herz bei der Frage einen Schlag übersprang, nickte zustimmend. Sie verließen gemeinsam das Restaurant und stiegen die Treppe zu Michaels Wohnung hinauf. Dort angekommen, umgab sie eine behagliche Stille, die in starkem Kontrast zu der Spannung der letzten Stunden stand.

Die Wohnung war ein Spiegelbild von Michaels Persönlichkeit – warm und einladend. Sie traten ein, und Michael bot John etwas zu trinken an. Doch die

Getränke blieben unbeachtet, als sie sich näherkamen, angetrieben von einer Mischung aus Erleichterung, Zuneigung und aufgestauter Leidenschaft.

Die Nacht, die sie miteinander verbrachten, war eine Offenbarung – eine Verbindung, die über körperliche Anziehung hinausging und eine tiefere, emotionale Ebene berührte. Sie fanden Trost und Verständnis ineinander, eine seltene Harmonie, die beide so lange vermisst hatten.

Am nächsten Morgen, als die ersten Sonnenstrahlen durch die Fenster fielen, lagen sie nebeneinander, die Ereignisse der letzten Nacht noch frisch in ihren Gedanken. John, der sich dem friedlichen Ausdruck in Michaels Gesicht nicht entziehen konnte, wusste, dass er ihm die Wahrheit über seine Vergangenheit erzählen musste.

«Michael», begann John zögerlich, «es gibt etwas, das ich dir sagen muss. Über meinen letzten Job.»

Michael richtete sich auf, ein Ausdruck der Aufmerksamkeit auf seinem Gesicht.

«Was ist los, John?»

«Ich habe auch für die Firma gearbeitet, in der Henrik ist», gestand John. «Ich habe gekündigt, als ich herausfand, was sie mit deinem Viertel vorhatten. Ich konnte nicht Teil davon sein, vor allem nicht, als ich wusste, dass du in Gefahr geraten könntest.»

Die Enthüllung traf Michael wie ein Schlag. Für einen Moment war es still, als er die Bedeutung von Johns Worten verarbeitete. Dann legte er seine Hand auf Johns. «Das erklärt einiges. Aber du hast dich dagegen entschieden, du hast dich für das Richtige entschieden.»

John sah Michael an, Erleichterung und Dankbarkeit in seinen Augen. «Ich wollte es dir früher sagen, aber ich hatte Angst, dich zu verlieren.»

Michael lächelte sanft.

«Du hast mich nicht verloren. Du hast
mich gerade gefunden.»

Kapitel 9

Die Eröffnung von Michaels Restaurant war ein Fest der Gemeinschaft und des Sieges. Menschen aus dem ganzen Viertel strömten herbei, um ihre Unterstützung zu zeigen und Teil dieser historischen Nacht zu sein. Lichterketten hingen über dem Eingang, und die köstlichen Düfte aus der Küche vermischten sich mit dem Klang von Musik und Lachen, das den Raum erfüllte.

Michael stand am Eingang, begrüßte jeden Gast mit einem strahlenden Lächeln. Sein Traum war endlich Wirklichkeit geworden, und die Freude darüber war in seinem Gesicht abzulesen. John stand an seiner Seite, teilte die Aufregung und Stolz mit ihm, und half, wo er konnte.

Während der Feierlichkeiten näherte sich Emma einem Mann, der allein an der Bar stand und aufmerksam das Geschehen beobachtete.

«Hallo, ich bin Emma», sagte sie, ihre Hand ausstreckend.

Der Mann drehte sich um und lächelte.

«Ich bin Henrik. Es ist ein wunderbarer Abend, nicht wahr?»

«Ah, du bist Henrik. Dann bist du ja der Mann der Stunde. Freut mich wirklich sehr, dich persönlich kennenzulernen», erwiderte Emma.

In diesem kurzen Gespräch spürte sie eine sofortige Verbindung zu Henrik.

Henrik lächelte.

«Nicht der Rede wert. Ich konnte mir das einfach nicht mehr mit ansehen.»

Sie unterhielten sich noch ein wenig.

Während die Nacht fortschritt, fanden Michael und John einen Moment, um sich von der Menge zu entfernen. Sie standen draußen unter den Sternen, atmeten die kühle Nachtluft ein und reflektierten über den langen Weg, den sie zurückgelegt hatten.

«Wir haben es geschafft, John», sagte Michael leise, seine Hand suchte Johns. «Ohne dich hätte ich das alles nicht erreicht.»

John ergriff Michaels Hand und drückte sie fest.

«Wir haben es gemeinsam geschafft. Das hier ist erst der Anfang.»

In den Tagen nach der Eröffnung des Restaurants breitete sich eine Welle der Erleichterung durch das Viertel. Die erfolgreiche Klage gegen Johns ehemaligen Arbeitgeber, angetrieben durch die mutige Aktion von Henrik und Johns Insiderwissen, hatte einen entscheidenden Sieg für die Gemeinschaft bedeutet.

Die Nachricht von der erfolgreichen Klage sorgte für ein neues Gefühl der Sicherheit und Bestätigung unter den Anwohnern.

John, der eine Schlüsselrolle in diesem Erfolg gespielt hatte, fühlte eine tiefe Genugtuung. Es war eine Bestätigung seines moralischen Kurses, eine Entscheidung, die zunächst schwer gewesen war, aber letztendlich die richtige. Bei einem kleinen Treffen im Restaurant, an dem führende Mitglieder der Gemeinschaft teilnahmen, wurde er für sein Engagement und seinen Mut gelobt.

Michael beobachtete stolz, wie John von den Gemeindemitgliedern gefeiert wurde. Er fühlte sich geehrt, an der Seite eines Mannes zu stehen, der so viel riskiert hatte, um anderen zu helfen. In diesem Moment erkannte Michael, wie sehr sich sein Leben verändert hatte, nicht nur durch die Eröffnung seines Restaurants, sondern auch durch die tiefe Verbindung, die er zu John aufgebaut hatte.

Die Veranstaltung im Restaurant wurde zu einer Feier des Sieges und des Zusammenhalts. Es war ein lebendiges Beispiel dafür, wie Einzelpersonen und die Gemeinschaft zusammenarbeiten können, um positive Veränderungen zu bewirken. Die Stimmung war ausgelassen und hoffnungsvoll, ein deutlicher Kontrast zu den Sorgen und Ängsten der vergangenen Wochen.

Inmitten der Feierlichkeiten fühlte sich John jedoch auch nachdenklich. Er wusste, dass der Kampf gegen Ungerechtigkeit und Korruption nie wirklich vorbei war.

Doch für diesen Moment konnte er die Früchte seines Mutes genießen, umgeben von Menschen, die ihm nun als Freunde und nicht nur als Verbündete im Kampf ans Herz gewachsen waren.

Einige Tage nach der erfolgreichen Eröffnung von Michaels Restaurant und dem juristischen Sieg über die Immobiliengesellschaft fand eine weitere Veranstaltung statt, die das Gemeinschaftsgefühl im Viertel weiter stärkte. Emma hatte zu einem gemütlichen Beisammensein in ihrem Bistro eingeladen, um die jüngsten Erfolge zu feiern. Unter den Gästen befand sich auch Henrik, der seit ihrer kurzen Begegnung bei der Eröffnung von Michaels Restaurant eine faszinierende Figur in Emmas Gedanken geworden war.

Als Henrik das Bistro betrat, wurde er von Emma mit einem warmen Lächeln begrüßt. «Schön, dass du gekommen bist, Henrik», sagte sie, als sie ihm einen Kaffee anbot.

«Ich könnte mir keinen besseren Ort wünschen, um diesen Sieg zu feiern», erwiderte Henrik.

Während Emma und Henrik an einem kleinen Tisch in ihrem Bistro saßen, umgaben sie die gemütlichen Geräusche des Abends – das Klirren von Kaffeetassen, sanftes Gelächter und die leisen Gespräche der anderen Gäste.

«Es ist wirklich beeindruckend, was du hier aufgebaut hast», begann Henrik, während er einen Blick durch das

Bistro warf. «Es fühlt sich an wie ein kleines Refugium mitten im Viertel.»

Emma lächelte, während sie ihren Kaffee umrührte.

«Danke, Henrik. Was du und John getan habt, um das Viertel zu retten, das war wirklich mutig.»

Henrik lehnte sich zurück, ein Ausdruck der Bescheidenheit auf seinem Gesicht.

«Es war das Mindeste, was ich tun konnte. Nachdem ich gesehen habe, was dort geplant war… Ich konnte nicht einfach wegschauen.»

«Ich bewundere das», sagte Emma ehrlich. «Es erfordert Mut, gegen den Strom zu schwimmen, besonders in so einer Situation.»

Für einen Moment herrschte Stille zwischen ihnen, während sie ihre Kaffeetassen betrachteten. Dann hob Henrik seinen Blick und sah Emma direkt in die Augen.

«Vielleicht können wir gemeinsam mehr bewirken», sagte er sanft. «Du mit deinem Bistro und ich… na ja, wo auch immer mein Weg mich hinführt.»

Emma lächelte, und in diesem Lächeln lag Zustimmung und eine leise Vorfreude auf die Zukunft.

«Das klingt nach einem Plan, Henrik.»

In diesem Moment des Austauschs und der gegenseitigen Anerkennung begann etwas Neues zwischen ihnen zu wachsen – eine Verbindung, die auf gemeinsamen Werten und Visionen basierte und die vielleicht der Beginn von etwas Besonderem sein könnte.

An ihrem freien Tag beschlossen Michael und John, Emmas Bistro zu besuchen. Es war eine willkommene Abwechslung, einen Tag in entspannter Atmosphäre zu verbringen, fernab der Hektik ihres eigenen Restaurants.

Das Bistro war ein gemütlicher, einladender Ort, der Emmas Leidenschaft für gutes Essen und Gemeinschaft widerspiegelte.

Als sie eintraten, wurden sie von der warmen Atmosphäre und dem vertrauten Duft frisch gebrühten Kaffees begrüßt. Emma, die hinter der Theke stand, lächelte breit, als sie Michael und John sah. «Schön, dass ihr vorbeikommt», sagte sie und wies auf einen freien Tisch.

Während sie sich setzten, trat Henrik zu ihnen, ein Lächeln auf den Lippen.

«Ich hoffe, ihr genießt euren freien Tag.»

«Ja, das tun wir definitiv», antwortete Michael. «Es ist schön, mal nicht derjenige zu sein, der den Kaffee macht.»

Sie bestellten Kaffee und Gebäck, und bald vertieften sie sich in ein entspanntes Gespräch. Zwischen John und Henrik entwickelte sich eine leichte Unterhaltung über ihre Erfahrungen und die jüngsten Ereignisse im Viertel.

«Es ist bemerkenswert, wie sehr sich das Viertel verändert hat», bemerkte John. «Und es ist großartig zu sehen, wie Orte wie dieses Bistro zu Treffpunkten der Gemeinschaft werden.»
Emma, die sich wieder zu ihnen gesellte, nickte. «Ich denke, es ist wichtig, Orte zu haben, an denen sich Menschen versammeln und unterstützen können. Besonders nach allem, was passiert ist.»

Epilog

Einige Monate nach den turbulenten Ereignissen im Viertel fand eine besondere Zeremonie statt, die das Viertel erneut zusammenbrachte – die Hochzeit von Michael und John.

Es war ein fröhlicher Tag, an dem Liebe und Gemeinschaft im Mittelpunkt standen, ein passendes Symbol für die Veränderungen und das Wachstum, die das Viertel in der jüngsten Vergangenheit erlebt hatte.

Die Hochzeit wurde in Michaels Restaurant abgehalten, das für diesen besonderen Anlass wunderschön geschmückt war. Blumenarrangements schmückten die Tische, und Lichterketten hingen von der Decke, was dem Raum eine märchenhafte Atmosphäre verlieh.

Freunde, Familie und Mitglieder der Gemeinschaft waren gekommen, um das Paar zu feiern.

Emma und Henrik, die als Trauzeugen fungierten, standen stolz an der Seite ihrer Freunde. Emma sah in ihrem eleganten Kleid strahlend aus, und Henrik, in einem scharf geschnittenen Anzug, stand ihr in nichts nach. Beide waren sichtlich bewegt von der Bedeutung des Tages.

Die Zeremonie war in vollem Gange, und als der Moment kam, ihre Gelübde auszutauschen, traten Michael und John vor, ihre Hände fest ineinander verschränkt. Die Stille um sie herum war erfüllt von gespannter Erwartung und Emotion.

Michael begann, seine Stimme zitterte leicht vor Emotion: «John, als ich dich traf, wusste ich nicht, dass mein Leben sich so tiefgreifend verändern würde. Mit dir an meiner Seite habe ich Herausforderungen gemeistert, von denen ich nie gedacht hätte, dass ich sie bewältigen könnte. Du hast mir gezeigt, was es heißt, bedingungslos geliebt zu werden, und dafür werde ich dir immer dankbar sein. Ich verspreche dir, für unsere gemeinsame Zukunft zu kämpfen, so wie wir für unser Viertel und unsere Träume gekämpft haben.»

Tränen glänzten in Johns Augen, als er antwortete: «Michael, du bist das Beste, was mir je passiert ist. Du hast mir gezeigt, dass wahre Stärke nicht nur im Kämpfen, sondern auch im Lieben und Verletzlichsein liegt. Mit dir an meiner Seite sehe ich einer Zukunft entgegen, die voller Liebe, Lachen und gemeinsamen Abenteuern ist. Ich verspreche, dich zu unterstützen, zu ehren und zu lieben, in guten wie in schlechten Zeiten.»

Als sie ihre Gelübde aussprachen, war die Emotion in ihren Worten spürbar, und die Gäste spürten die Tiefe ihrer Verbindung.

Die Liebe und das gegenseitige Verständnis, das zwischen ihnen lag, waren für alle sichtbar.

«Ich liebe dich, Michael», sagte John, während er Michaels Hand noch fester drückte.

«Und ich liebe dich, John», erwiderte Michael mit einem strahlenden Lächeln.

Als sie sich zum ersten Kuss als verheiratetes Paar neigten, brach ein begeisterter Applaus von den Anwesenden aus.

Nach der Zeremonie warf Michael den traditionellen Brautstrauß, und zu aller Freude fing Emma ihn. Sie lachte und sah zu Henrik hinüber, der sie mit einem liebevollen und stolzen Blick ansah.